Para Emily y Anna

© Helen Oxenbury Published 1984 by Walker Books, Londres
© de la traducción española:
Editorial Juventud, 1984
Provença, 101- Barcelona
Traducción de Concepción Zendrera
Cuarta edición, 1999
Depósito legal: B-6.888.1999
ISBN 84-261-2002-4
Núm. de edición de E.J.: 9.638
Impreso en España - Printed in Spain
Implitex, c/. Llobregat, 30 - 08291 Ripollet (Barcelona)

El primer día de escuela

Helen Oxenbury

EDITORIAL JUVENTUD, S.A.
Provença, 101 - Barcelona-29

—¡Anda, levántate! No debemos llegar tarde
el primer día de escuela.
Hoy estrenarás los zapatos nuevos.

—No seas tímida. Pronto tendrás
muchos amiguitos —dijo mamá.
Pero yo le dije muy bajito:
—No creo que la escuela me guste.

—¡No te vayas, mamá!

—Está bien —dijo la maestra—.
Tu mamá puede quedarse un ratito,
si quieres.

—Ésta es Nara. Se ha hecho daño en la rodilla.
¡Mira, lleváis los zapatos iguales!

—Salgo un momento a comprar unas cosas
—dijo mamá.

—¡Venid vosotras dos! —dijo la maestra—.
Jugaremos a que todos somos animales.

La maestra del vestido rosa nos leyó un cuento.
Era la hora del almuerzo,
y Nara y yo lo compartimos.

—Cuando todos hayáis ido a los servicios y tengáis las manos limpias, cantaremos varias canciones.

—¡Se acabó la clase!
Fuera os esperan vuestros papás y mamás.
¡Hasta mañana, pequeños!